TRADUCTION

DU

THÉATRE ANGLOIS,

Depuis l'origine des Spectacles, jusqu'à nos jours.

Divisée en trois Époques.

Dédiée à Son Altesse Royale le Prince
HENRI DE PRUSSE.

TROISIÈME EPOQUE.

A PARIS,

Chez
{
La Veuve BALLARD & Fils, Imprimeurs du Roi, rue des Mathurins, quartier Saint-Jacques.
MÉRIGOT l'aîné, Libraire, au Boulevard de la porte Saint-Martin, & sous le Vestibule de l'Opéra.
MÉRIGOT le jeune, Libraire, quai des Augustins.
BELIN, Libraire, rue Saint-Jacques.
RENAULT, Libraire, rue Saint-Jacques.
Et au Bureau du Théatre Anglois, rue Sainte-Appoline, N° 6.
}

M. DCC. LXXXIV. 9

Avec Approbation & Privilège du Roi.

ŒUVRES

DU RÉVÉREND

WILLIAM MASON.

NOTICE SUCCINTE

Sur la Vie du Révérend WILLIAM
MASON.

WILLIAM MASON, fils d'un Bénéficier
de l'Eglise paroissiale de Hull, dans la
Province d'York, naquit dans cette Ville
l'année 1726. Ses talens & son esprit lui
firent obtenir le grade de Bachelier, &
peu de tems après celui de Maître-ès-Arts
du College de S. John à Cambridge, où
il avoit été éduqué. Son génie poétique
& les qualités de son cœur le firent esti-
mer du Comte d'Holderness, qui l'engagea
à entrer dans les Ordres, état dans lequel
il lui étoit plus facile de lui procurer de
l'avancement. M. Mason suivit ce sage
conseil, & reçut la Prêtrise en 1754.
Mylord Holderness fit nommer son pro-
tégé Chapelain du Roi, & lui obtint,
quelque tems après, le Rectorat de la
riche Paroisse d'Acton, en Yorkshire ;
ensuite il lui fit avoir la Précenterie de

la ville d'York. Mason établit sa résidence dans son Rectorat, qu'il embellit, & dont il fit un séjour charmant. Pour mieux goûter les délices de son habitation, il lui falloit une compagne ; en conséquence il épousa une demoiselle dont les talens égaloient la naissance. Le sensible Recteur eût été trop heureux, si le Ciel lui eût conservé cette épouse chérie ; mais elle mourut de la consomption aux eaux de Bristol, où elle s'étoit rendue pour le rétablissement de sa santé. Mason continue d'habiter Acton, & de s'y livrer à la culture des Lettres & des beaux Arts. Il est fâcheux qu'il ait borné l'usage de ses talens dramatiques aux deux Tragédies que nous donnons dans ce volume.

ELFRIDA,

TRAGÉDIE,

Sur le modèle des anciennes Tragédies Grecques,

Par M. WILLIAM MASON;

REPRÉSENTÉE pour la première fois, sur le
Théâtre Royal de Covent-Garden, l'année 1772.

ARGUMENT.

Edgar, Roi d'Angleterre, ayant appris, par la renommée, qu'*Elfrida*, fille d'*Orgar*, Comte de Devonshire, étoit la personne la plus accomplie de son sexe, envoya *Athelwold*, son Ministre favori, au château du Comte, avec ordre de vérifier, par ses propres yeux, des rapports aussi flatteurs; & s'il trouvoit *Elfrida* aussi belle qu'on le disoit, de lui offrir sa main & sa couronne. En conséquence *Athelwold* partit, devint éperduement amoureux de la jeune Comtesse, l'épousa, & peu de jours après son hymen, la conduisit secrettement à son château dans la forêt d'*Harewood*. Obligé de se rendre à la Cour, il confia sa femme à de jeunes personnes, qui forment le Chœur de cette Tragédie. L'amoureux époux s'absentoit de tems en tems de la

A 2

Cour pour voir la belle *Elfrida. Orgar,* son père, désapprouvant la retraite de sa fille, trois mois après son mariage, se rendit déguisé à *Harewood,* avec le projet de s'éclaircir d'une conduite aussi bizarre. La Pièce commence à ce voyage. Les incidens que produit le retour d'*Athelwold,* & l'arrivée inattendue du Roi, en forment l'épisode. Le pardon simulé du Roi, arraché par les larmes d'*Elfrida,* amène le *peripetia.* Enfin, le combat singulier entre *Edgar & Athelwold,* & la mort de ce dernier, après laquelle sa veuve prend le voile, forment la catastrophe. Cette Tragédie, à l'inftar de plusieurs Tragédies Grecques, n'est point divisée par Scènes, ni par Actes ; le Chœur supplée à cette division. M. *Coleman,* Directeur du Théâtre de Covent-Garden, l'a partagée dans le goût moderne; mais ce fut à l'insçu de l'Auteur, qui s'offensa beaucoup de cette licence. On a cru devoir la traduire telle qu'elle existe dans l'original.

ACTEURS.

ORGAR, *Comte de Devonshire.*

ELFRIDA, *sa fille.*

LE COMTE ATHELWOLD, *son époux.*

EDGAR, *Roi d'Angleterre.*

EDWIN, *Officier d'Athelwold.*

ALBINA, *Coriphée.*

LE CHŒUR.

La Scène est au Château d'Athelwold, dans la forét d'Harewood.

ELFRIDA,
TRAGÉDIE.

(La Pièce commence par un Prologue. Orgar, déguisé en Paysan, s'arrête sur une grande plaine, dans le Parc, en face du Château).

PROLOGUE.

ORGAR.

Que l'aspect de ce bois vénérable, embelli par les rayons du soleil, répand de l'éclat sur cet antique château, auquel il sert d'ombrage ! L'air pur qu'on y respire calme le trouble de mon ame : mes pas chancelans, en foulant les fleurs dont ces prairies sont émaillées, répandent une odeur suave qui flatte les sens. — Si le bonheur daignoit habiter parmi les mortels, sans doute ce seroit ici sa demeure. — Puissé-je y

A 4

trouver le repos! — Voici bientôt trois mois que le Comte Athelwold a obtenu la main de ma fille. — Il me pria, il me supplia de tenir quelque tems ce mariage secret, il m'allégua de si justes raisons, qu'en consentant à ce mystère, je ne semblois que suivre les conseils de la prudence. — Mais à peine l'hymen eut-il allumé son flambeau, que l'époux de ma fille l'arracha de ma maison, la conduisit à mon insçu dans ce château, prétexta un voyage à la Cour, sa faveur auprès du Roi, son zèle pour le bien de l'Etat, & abandonna sa belle épouse. — Je n'ignore pas qu'il quitte le Roi pour voler dans cette retraite. Mais pourquoi ce mystère? pourquoi n'ose-t-il paroître chez elle qu'à l'ombre de la nuit, & à la faveur d'un déguisement? — Ses visites nocturnes sont autant de larcins : à peine une seconde aurore éclaire son séjour dans ces lieux; il charme un moment les ennuis de ma fille, pour la laisser ensuite en proie aux chagrins de l'absence. — Ah! s'il eût donné sa main à quelque vile mortelle, qu'eût-il fait de plus? Née d'un sang noble, d'un sang illustre, Elfrida mérite d'autres égards; mon alliance doit l'honorer; mes Maîtres l'ont recherchée : mes aïeux ont donné des Reines à *Albion*. — La beauté d'Elfrida est digne d'un trône; elle feroit l'ornement de la Cour. — Insensé Athelwold! tu caches ton trésor dans le fond des forêts...... — Mais auroit-il abusé de ma confiance ? — Si un autre hymen....... — Non, le traître n'eût point osé m'outrager à ce point; il connoît ma valeur, mes exploits; non, non, il respecte ma renommée. — O Ciel! s'il avoit pu...... Ce bras, que l'âge n'a pas encore affoibli, puniroit bientôt son audace; oui, j'atteste le Ciel qu'il n'échapperoit pas à ma juste vengeance. —Vaine fureur ! calmez-vous. Examinons sa conduite en silence : pour mieux réussir dans mon dessein, j'ai emprunté les attributs de la misère; je cache, sous ces modestes vêtemens, le nom, le pouvoir & le rang d'un illustre Breton.

CHŒUR, *derrière les coulisses.*

« Salut, ô lumière éclatante du matin ! Salut,
» ô rayons bienfaisans ! ».

ORGAR.

Ecoutons? Le son mélodieux de quelques voix célestes vient frapper mes oreilles. — C'est sans doute celle des compagnes de ma fille. Pendant qu'elle pleure l'absence d'un époux, la divine harmonie vient adoucir ses peines. — Elles s'approchent; cachons-nous dans ce boccage : lorsqu'il en sera tems, approchons, & sous le voile de l'infortune, tâchons de les intéresser à mes maux. (*Il sort*).

CHŒUR DE FEMMES.

« Salut, ô lumière éclatante du matin! Tes
» rayons bienfaisans raniment la nature, & lui
» prêtent mille nouveaux attraits. Les fleurs en-
» core humides des larmes de l'aurore, brillent
» d'une couleur plus vive : les flots argentés
» des ruisseaux, qui descendent en murmurant
» du haut de ces montagnes, vont baigner nos
» vallons.

» Esprits malins, qui tourmentez le voyageur
» égaré, retirez-vous; cessez d'exercer sur lui
» votre cruel empire : tremblant & craintif, il
» a fixé votre demeure sous les murs des anciens
» monumens, sur les ruines d'une superbe tour.
» — C'est-là qu'au moment où l'heure tranquille
» donne le repos aux mortels accablés par les
» soucis, vous vous plaisez à traîner tristement
» vos images hideuses. — L'astre livide de la
» nuit, dardant, à la faveur des ravages du tems,
» ses rayons incertains, éclaire, en hésitant,
» vos assemblées effroyables. Esprits malins, re-
» tirez - vous ; obéissez à Phébus ; ses rayons
» bienfaisans, en développant à nos yeux la scène
» majestueuse de la nature, vous forcent de ren-
» trer dans vos sombres cavernes..... ».

ORGAR, ALBINA, CHŒUR.

ALBINA.

Silence, mes sœurs. — Imprudent étranger !
pourquoi viens-tu troubler notre repos ?

ORGAR.

Pardon, ô vierges ! Quelle ame assez insensible n'écouteroit pas, avec transports, des sons
aussi mélodieux. Au milieu des ténèbres mêmes
de la nuit, je n'ai jamais refusé de prêter une
oreille attentive au chant du doux rossignol.
Jugez si je puis être sourd aux accens de vos
voix, que l'art embellit encore ?

ALBINA.

Un langage si flatteur, sous un extérieur si
grossier, a droit de nous surprendre. Qui es-tu ?
D'où viens-tu ?

ORGAR.

Hélas ! j'ai connu un meilleur sort ; mais à quoi
sert d'en parler ? Chacun a sa destinée ; la mienne
est bien rigoureuse.

ALBINA.

Racontez-nous vos malheurs....

ORGAR.

Souffrez qu'ils reposent à jamais dans mon triste
sein.

ALBINA.

L'infortune, souvent avare de ses peines, se plaît à les cacher; elle les accumule en silence, pour en jouir sans témoins dans quelqu'endroit solitaire. — Peut-être avez-vous les mêmes desseins? — Si je me trompe, accordez-nous le plaisir de pleurer avec vous.

ORGAR.

Hélas! n'altérez pas l'éclat de vos beaux yeux, en donnant des larmes à un malheureux.

ALBINA.

Qui voit d'un œil indifférent les peines d'autrui, ne mérite aucune pitié. — De grace, ne nous refusez pas la consolation de partager vos chagrins.

ORGAR.

Vous le voulez, j'obéis. — Je possédois jadis, de ce côté du fleuve *Tweeda*, des riches troupeaux & des terres fertiles; j'ai donné dans ma jeunesse plus d'une preuve de ma valeur, & les exploits que j'ai consacrés à la beauté qui m'enchaînoit, ont mérité une place distinguée dans les annales de l'amour; j'ai obtenu sa tendresse, elle a couronné mon espoir. Quand Edwin, frère d'Edgard, à la fleur de l'âge, paya le tribut commun à la nature, la raison ayant succédé aux feux ardens du jeune âge, j'ai quitté le séjour bruyant de la Cour, pour vivre paisiblement dans mes terres, au milieu de tous mes vassaux. Mais je n'y ai pas joui long-tems du repos; les avides habitans des montagnes d'Ecosse, conduits par l'appas du pillage, ont investi mes domaines; ils ont massacré mon peuple; ils ont abusé de ce bras, trop foible, hélas! pour me défendre, & m'ont forcé de traîner ma misère dans cette même contrée, témoin autrefois de ma prospérité.

C H Œ U R.

« La tendre pitié s'empare de notre cœur; » nous plaignons votre triste sort, sans pouvoir » l'adoucir. Le plaisir des ames sensibles est de » consoler la vieillesse malheureuse, d'essuyer » les larmes que lui arrache le chagrin, de faire » naître la joie sur son front sourcilleux, & de » rendre à ses cheveux blancs tous les respects » qui leur sont dûs. Mais, hélas! nous sommes » privés de ces plaisirs. Le Seigneur de ces lieux, » ne permet à personne de pénétrer dans son » auguste demeure.... ».

O R G A R.

Quel est le tyran?.....

A L B I N A.

Il est doux & humain; son cœur est l'asyle de la bonté; sa générosité n'a point de bornes;

la Cour d'Edgar célèbre comme nous ses vertus : Edgar lui-même le distingue ; il accumule sur lui ses faveurs : il les reçoit comme les vases sacrés où l'on brûle l'encens, pour les répandre sur ceux qui l'environnent.

ORGAR.

Ce portrait ressemble beaucoup à celui d'Athel wold.....

ALBINA.

C'est lui-même ; tous les Bretons bénissent son nom.

ORGAR.

Après tant d'éloges, quel peut être le motif de sa rigueur ?

ALBINA.

Ce secret doit être enseveli dans le silence

ORGAR.

La richesse de vos vêtemens annonce que vous appartenez à la femme ou la sœur de ce redoutable Seigneur.

ALBINA.

Vieillard, nous ne pouvons satisfaire ta curiosité. La fidélité est la première vertu de l'Esclave à qui son Maître accorde sa confiance. — Adieu, recevez nos vœux & nos souhaits ; nous ne pouvons nous entretenir plus long-tems avec vous.

ORGAR.

Arrêtez : n'avez-vous pas dans le voisinage
du château quelque hospice où je puisse reposer
un moment ces membres fatigués ? De grace,
accordez-moi quelque soulagement ; mes forces
m'abandonnent ; je me sens prêt à succomber
sous le poids de la misère.

ALBINA.

Hélas ! que ferons-nous, mes sœurs ? Nous ne
pouvons, sans enfreindre les ordres du Comte,
admettre cet Etranger dans le château, & cependant mon cœur se refuse à lui faire éprouver
un cruel abandon. — Oui, nous vous aiderons.
— Cachez-vous dans le boccage, là où ce chêne
majestueux étend ses branches antiques : sa tige,
enracinée parmi d'épais feuillages, est enveloppée
par le lierre verdoyant qui orne son écorce ra-
botteuse : reposez-y en paix ; nous viendrons
bientôt vous donner d'autres secours.

ORGAR.

Que la bonté céleste vous récompense......

ALBINA.

Allez : soulagez les infirmités de votre âge par
un prompt repos, & quittez ces lieux en silence :
si l'on s'appercevoit de notre entretien, vous
ignorez les fatales conséquences qui en seroient
la suite.

ORGAR.

Je périrai plutôt que d'en parler. Adieu ; puisse le ciel reconnoître tant de pitié pour les malheureux. (*Il sort*).

SEMI-CHŒUR.

« Oui, mes sœurs, oui ; quand la pâle détresse » vous implore, que les ordres d'un vain mortel » ne vous empêchent pas de vous livrer à la » divine Charité. Suivez les pas de cette Déesse » consolatrice. Elle vous montrera la route du » vrai bonheur. Si elle répand ses bienfaits sur » vous, c'est pour que vous les partagiez avec » tous les humains.

AUTRE SEMI-CHŒUR.

» Nous chanterons tes louanges, ô divine Charité ! Nos clairons & nos lyres, d'accord avec » nos voix, célèbreront à jamais tes célestes at» tributs ».

ALBINA.

Voici la belle Elfrida : célébrons sa présence par nos chansons.... Mais non, mes sœurs ; attendons plutôt ses ordres ; une affreuse tristesse semble l'accabler : pour une ame agitée, la plus douce harmonie devient quelquefois un tourment insupportable.

ELFRIDA.

ELFRIDA, LE CHŒUR.

ELFRIDA.

AH, mes amies! combien l'attente appesantit les aîles fugitives du tems : hélas! trois heures sont écoulées depuis que la charmante aurore a éclairé le vaste horison, & ces trois heures sont pour mon cœur autant de siècles. — Me suis-je trompée? Athelwold à son départ n'a-t-il pas fixé son retour à ce matin? Oui : il me l'a promis; un baiser a été le garant de sa promesse. Je ne puis m'y tromper : ce moment fortuné est trop cher à mon cœur, & cependant il n'arrive pas! — Son empressement autrefois lui faisoit devancer l'aurore : hélas! j'oubliois avec lui la lumière du jour..... Ce retard m'afflige & m'inquiète : mon ame est en proie aux soupçons : la Cour est l'asyle de la beauté; Athelwold est sensible, peut-être une autre a su lui plaire, peut-être Elfrida est oubliée.

ALBINA.

Regardez là-bas; ah! regardez ce lierre malfaisant, autour de l'orme fleuri; il empoisonne les branches qui lui servent d'appui. La pâle jalousie n'est pas moins funeste au tendre amour.

B

ELFRIDA.

Je ne suis point jalouse , mais j'aime , & la crainte est compagne de l'amour.

ALBINA.

Ah, Madame! d'où naissent ces soupçons ? Athelwold, toujours tendre, ne paroît point changé ; ses yeux, à son départ, exprimoient la plus vive tendresse : bannissez de vaines terreurs.

ELFRIDA.

Hélas, Albina ! j'ai d'autres raisons de crainte. Pourquoi ce mystere ? Pourquoi m'empêche-t-il de le suivre à la Cour ? Ah ! sans doute il aime quelqu'autre beauté : sinon, pourquoi garderoit-il si long-tems le silence sur notre hymen ? — Semblable à la vierge cloîtrée, dont le sombre oiseau de la nuit interrompt, par son vol pesant, la douceur du sommeil, je passe mes jours dans cette solitude. — Dis-moi pourquoi mon époux ne veut-il pas que je l'accompagne à la Cour d'Edgar ?

ALBINA.

Ah, Madame! applaudissez-vous de cette rigueur : Athelwold, jaloux de tant de charmes, craint de les exposer aux regards avides des courtisans : l'innocence & la modestie perdent

leur éclat dans ce séjour dangereux. Ah, Elfrida !
si le ciel vous forçoit d'y fixer votre demeure,
vous soupireriez souvent après nos paisibles
forêts.

ELFRIDA.

Sans doute, si j'étois avec mon époux, ces
forêts auroient tous les charmes du plus beau
Palais. Ces chênes superbes seroient préférables
aux plus riches colonnes ; ces prairies, ces champs,
ces troupeaux bondissans surpasseroient pour
moi les plus pompeux spectacles des joûtes &
des tournois. — Ou s'il n'avoit d'autre ambition
que de poursuivre dans les bois le cerf timide,
ou le loup dévorant ; Elfrida, contente de son
sort, ne se plaindroit pas d'un moment d'absence.

ALBINA.

L'ame d'Athelwold est trop élevée pour s'at-
tacher à de si foibles objets : *Albion* a besoin
de son appui.

ELFRIDA.

Faut-il que le bonheur public soit la source
de mon malheur ?

ALBINA.

La fougueuse jeunesse, emportée par l'attrait
du plaisir, perd bientôt sa vigueur ; mais si la
prudence modere son ardeur, la force de la vertu
soutient sa raison. Le Roi & la Patrie doivent

partager les soins de votre époux : rassurez-vous, Madame ; il ne tardera pas à se rendre à vos vœux.

ELFRIDA.

Puisse le ciel vérifier cette heureuse prédiction ! En attendant, calmez mes sens par la douce harmonie. Nourrie dans les antres mystiques de *Cornwald*, je sais que l'art divin des Druides ne vous est point inconnu. Mon ame, en proie au chagrin, veut des chants moins pompeux : abrégez l'ennui de l'attente ; donnez des aîles plus rapides aux heures fugitives ; plus d'une fois la musique a produit d'heureux effets ; essayez son pouvoir : je vais en attendant monter sur cette coline ; mes regards impatiens devanceront le retour de mon époux. (*Elle sort*).

CHŒUR.

ODE.

« La tendre tourterelle, cachée dans le fond
» de ce boccage, y pleure, par ses gémissemens,
» l'absence de son amant. L'allouette, par des
» sons plus mélodieux, annonce les plaisirs de
» la liberté. La linotte, perchée sur une branche
» de l'aube-épine, exerce son gozier à chanter
» le retour du soleil ; elle évite les bois solitaires,
» ne caresse pas de ses aîles les champs fleuris de
» nos parcs ; l'amour malheureux n'altère pas sa

» voix ; elle n'aspire point, dans ses chansons,
» à les faire répéter par les échos ; contente de
» son bonheur, elle en jouit sans témoins. Li-
» notte charmante, nous nous plaisons à t'imiter.
» — La *Paix*, couchée nonchalamment sur nos
» prés verdoyants, a prêté plus d'une fois
» l'oreille à tes chansons. Pourquoi n'y vient-
» elle pas aujourd'hui ? Peut - elle trouver de
» plus riants boccages, des forêts & des plaines
» plus attrayantes ? Mais peut-être la tranquille
» Déesse a porté ses pas dans quelqu'antre obscur,
» asyle sacré où repose le sage, loin du tumulte
» des cours ; c'eft là qu'elle s'entretient avec
» lui ; c'eft là que la modefte Déesse console les
» ennuis des timides mortels.

» C'eft dans ces cavernes où le bruit des
» torrents précipités de la cime des rochers, font
» retentir les échos de la plaine qu'ils arrosent ;
» que la séduisante Paix reçoit les vœux du sage :
» elle préside à ses repas, puise l'eau limpide,
» en remplit sa coupe, puis, tout-à-coup, se
» levant comme un trait de lumière, elle le
» couronne des roses du bonheur. Dans quelque
» lieu que tu sois, Déesse consolante, tu re-
» viendras bientôt visiter cet asyle ; ton sourire
» enchanteur, ta forme céleste, tes yeux brillans
» où se peignent les plaisirs, tes pieds légers, ta

» démarche agréable , ramèneront la joie dans
» nos forêts ; tu précéderas le maître de cet
» heureux asyle ; tu mêleras ta voix à nos
» accords ».

ALBINA.

Vos voix prophétiques sont exaucées.......
Ecoutez...... Entendez-vous le bruit des che-
vaux ?..... Le fer dont on arme les pieds des
coursiers fait gémir la terre.... Ils approchent....
Loin d'ici, tourmens de la crainte ; les échos nous
annoncent qu'Athelwold , l'Amour & le Bonheur
sont de retour dans nos forêts.

ELFRIDA, ATHELWOLD, CHŒUR.

ATHELWOLD.

AH ! recevez-moi toujours avec ces mêmes
transports ; ayez toujours cette grace charmante ;
que ces beaux bras me serrent sans cesse de
même , & que ces doux embrassemens soient
les interprètes de notre bonheur..

ELFRIDA.

Hélas, Seigneur ! j'avois armé mon front de
rigueur, mes yeux de regards indifférens ; mais
je vous vois, & j'oublie toute ma colère.

ATHELWOLD.

Ma chère, ma tendre Elfrida ! Grand Dieu !
pourquoi ne prolonges-tu pas ces momens heureux ? Mais non ; mon cœur n'y suffiroit pas ;
mon ame perdroit son existence à tant de plaisirs.
(*A part*). Hélas ! la honte va bientôt m'écraser
de son poids.

ELFRIDA.

Pourquoi ces regards inquiets ? Vous m'aviez
promis de laisser vos chagrins à la Cour : vous
m'avez enfermée dans cette retraite, pour n'avoir,
en me voyant, qu'à vous occuper de votre tendresse ; vous deviez, en ces doux momens, bannir
les soins & les soucis, compagnes de l'ambition.
— Ah, mon cher Athelwold ! oubliez-vous sitôt
vos projets ? . . . . . . Mais ces regards incertains
m'inspirent l'effroi. . . . . . Ah ! je ne le vois que
trop, la paix des forêts doit céder au tourbillon
de la Cour. — Partons. . . . . .

ATHELWOLD.

Gardez-vous d'un dessein si funeste. . . . . .

ELFRIDA.

Pourquoi ? — Mais vous gardez le silence ! . . . .
Ne craignez rien : maître de mon cœur, vous
êtes celui de ma volonté. Ordonnez-moi d'habiter
un désert ; si vous partagez ma solitude, elle

deviendra pour moi le plus charmant séjour.
— Mais je crains mon père......

ATHELWOLD.

Votre père ?.....

ELFRIDA.

Vous le connoissez , Seigneur : fier de sa naissance , il ne souffrira pas long-tems que sa fille languisse dans l'obscurité. — Ah, Seigneur ! si jamais il se livre aux projets orgueilleux de sa Maison, il éclatera, & alors......

ATHELWOLD.

Il ignore votre retraite, & si le hasard la lui faisoit découvrir, n'êtes-vous pas libre de vous conformer à votre choix ? — Je me repose sur votre tendresse, Madame. Si jamais votre père vous interroge sur votre séjour en ces lieux, je connois mal Elfrida, ou son aveu autorisera ma conduite.

ELFRIDA.

En douter seroit une injure. Mais pardonnez, Seigneur , des craintes puériles ; expliquez-moi un mystère qui m'afflige : pourquoi changez-vous de visage quand je demande à vous suivre à la Cour ?

ATHELWOLD.

Consultez les eaux tranquilles de ce lac, vous y verrez ma réponse.

ELFRIDA.

Je n'ai point l'art de pénétrer cette énigme.

ATHELWOLD.

Tant de charmes doivent fuir les regards du public.

ELFRIDA.

Athelwold peut-il soupçonner la foi d'Elfrida?

ATHELWOLD.

Non; mais il craint le pouvoir de sa beauté. Je ne voudrois pas, pour la couronne d'Angleterre, qu'Edgar fût le témoin de mon bonheur.

ELFRIDA.

Croyez-vous, Seigneur, que ces foibles charmes qui vous ont subjugué aient le même empire sur tous les hommes? Quelle présomption! Ne craignez rien; le cœur d'Elfrida vous est dévoué; elle ne veut plaire qu'à vous seul. — Toute la pompe d'Edgar ne peut rien contre mon amour : d'ailleurs Edgar est Roi & n'est pas un tyran.

ATHELWOLD.

Edgar est juste & magnanime ; mais il est homme, Madame : toutes ses vertus ne sçauroient le préserver des foiblesses de l'amour. Ah, ma chère Elfrida ! si vous lui présentiez seulement l'amorce brillante du plaisir, vous verriez ce Prince voluptueux plus prompt à briser toutes les loix, pour satisfaire ses desirs, que le lion affamé n'est ardent à rompre les filets du chasseur. A peine encore le Temps a-t-il jetté un voile léger sur le sort de la belle *Matilda* ; il la vit, & força sa vertueuse mère de lui céder sa malheureuse fille. La repectable matrone eut recours à l'artifice, & pour sauver l'honneur de sa Maison, elle envoya, à la faveur des ténèbres, une de ses femmes dans le Palais : l'amoureux Edgar l'y reçut, & l'y retint auprès de lui.

A L B I N A.

J'apperçois un courier s'avancer vers ces lieux ; son empressement annonce des nouvelles importantes.

ELFRIDA, ATHELWOLD, EDWIN, CHŒUR.

A T H E L W O L D.

Quelles affaires si pressantes conduisent ici Edwin ?

E D W I N.

Le Roi va se rendre chez vous, Seigneur.

A T H E L W O L D.

Le Roi ?

E D W I N.

Il a formé tout-à-coup le projet d'aller en *Mercie* ; vous étiez nommé pour l'accompagner ;

& lorsqu'on vous en a apporté l'ordre, vous veniez de partir : aussi-tôt le Roi a changé le plan de son voyage ; & voulant chasser le cerf, il a pris la route qui traverse vos forêts ; il amène avec lui un très-petit nombre de courtisans.

ELFRIDA, *à Athelwold.*

Vous paroissez interdit ! Qu'avez-vous ?

ALBINA.

Ah Ciel ! quel désespoir s'empare de son ame !.....

ELFRIDA.

Soyez sans inquiétude : un Roi indulgent sçait excuser le défaut de pompe & de magnificence, sur-tout quand le sujet qu'il honore de sa présence n'est point prévenu d'une si haute faveur.

ATHELWOLD.

Ah, ma chère Elfrida !.... Hélas ! vous changerez bientôt de langage..... — Votre époux va périr..... — Serrez-le encore une fois dans ces bras d'albâtre.......*Avant peu, vous me fuirez comme l'approche de la vipère. (Il l'embrasse).* — Tout est dit : c'est dans ces bras que sont ensevelis à jamais & l'amour d'Elfrida, & la paix du malheureux Athelwold.

ELFRIDA.

Grand Dieu ! que veut-il dire ?

ATHELWOLD.

Ah, Edwin, Edwin! quand la calomnie noircira la mémoire de ton malheureux maître, auras-tu le courage de prendre sa défense?

ELFRIDA.

Expliquez-vous, Seigneur......

ATHELWOLD.

Ne cherchez pas à pénétrer cet affreux mystère. (*Au Chœur*). Retirez-vous....... Mais non, restez. Je ne puis plus long-tems me taire. (*Au Chœur*). Vous me devez la fidélité. — Et vous, Edwin, vous me devez vos secours. (*A Albina*). N'oubliez pas que j'ai sauvé votre père.

ALBINA.

Mes compagnes, ni moi, nous n'oublierons jamais l'excès de vos bontés, Seigneur: un maître si généreux fait aimer son service, & le devoir auprès de lui porte l'empreinte de la liberté.

ATHELWOLD.

Je me confie à votre foi. — Mais, Elfrida, quel est le gage qui me répond de la vôtre?

ELFRIDA.

Celui de l'hymen, Seigneur: essayez son pouvoir.

ATHELWOLD.

J'y suis forcé. — Ecoutez-moi, Madame.

— Un jour, dans un festin, où tout respiroit le plaisir, le Roi, environné de sa Cour, s'entretenoit des beautés qui ornent l'Angleterre ; le jeune *Ardulph* fit tant d'éloges de l'incomparable fille d'*Orgar*, qu'un Prince moins galant encore en eût été enflammé. Dès le lendemain, au point du jour, le Monarque impatient m'ordonna de venir m'en instruire ; & si vos charmes, Madame, répondoient à ces rapports flatteurs, de vous offrir sa couronne & sa main.....

E L F R I D A.

Et vous me donnâtes la vôtre avec votre cœur. — Ah, Seigneur ! est-ce là ce grand secret que vous avez eu tant de peine à me.cacher ? Est-ce là ce mystère qui m'auroit, disiez-vous, arraché de vos bras ? (*Elle se jette dans ses bras*). — Ah ! jamais, non jamais le cœur d'Elfrida ne cessera d'être à vous. — Rien n'y éteindra la flâme qui le consume. — Si l'Amour, jaloux des feux qu'il a inspirés lui-même, vouloit en rallentir l'ardeur, elle se ranimeroit à ces doux embrassemens ; elle brilleroit encore d'un nouvel éclat.

A T H E L W O L D.

Quoi ! tu me pardonnes ? Viens, ma souveraine ; plonge ce poignard dans mon sein, & venge-toi.

ELFRIDA.

Voulez - vous m'arracher la vie ? — Mais songeons au danger qui nous menace.

ALBINA.

Fuyez, fuyez : la sécurité devient souvent fatale ; en vain elle se repose sur l'amour ; le moindre zéphir la disperse comme le léger duvet qui couvre le chardon. Mais auparavant daignez nous apprendre par quels détours vous avez sçu tromper le Roi.

ATHELWOLD.

L'ombre de ces forêts n'eut pas plutôt voilé les charmes de ma belle épouse, que je retournai à la Cour ; je riois des éloges d'*Ardulph*, & je parlai d'Elfrida comme d'une beauté ordinaire ; je parus mépriser l'éclat de ses yeux, la blancheur de son sein, les roses de son visage. Le crédule Prince me crut, & l'oublia.

ALBINA.

Mais l'hymen de la fille d'Orgar étoit un évènement trop important pour rester long-tems dans l'oubli.

ATHELWOLD.

Le Roi en a été instruit ; mais il croit que l'hymen n'a resserré nos nœuds qu'à mon dernier voyage en ces lieux.

ELFRIDA.

Quel motif avez-vous pu donner à ce mariage ?

ATHELWOLD.

La fortune de votre père ; excusez l'artifice d'un tendre époux. Quoiqu'Edgar pense que vos charmes ne méritent pas le don d'une couronne, il les croit assez puissans pour enchaîner un sujet. Je lui ai dit qu'après votre hymen, je vous conduirois dans ce château ; il a souri, & il a applaudi à mon choix. Hélas ! il ne soupçonne pas la fraude....

ELFRIDA.

Je suis votre épouse ; je n'ai plus rien à craindre.

ATHELWOLD.

Il verra ces regards charmans, & sera jaloux de mon bonheur.

ELFRIDA.

J'éviterai sa présence ; Albina, parée de mes robes nuptiales.....

ATHELVOLD.

Douce & indulgente Elfrida ! votre bonté soulage mes tourmens..... Insensé ! te flattes-tu d'éviter ton malheur ? Ardulph connoît Elfrida ; il est avec le Roi ; il l'instruira bientôt de cet artifice. Il n'y faut plus songer ; rien ne peut empêcher ma ruine ; il faut absolument paroître.

ELFRIDA.

Vous l'ordonnez, j'obéirai : mais je voilerai si bien ces charmes dangereux, qu'Edgar les verra avec indifférence.

ATHELWOLD.

O la plus aimable des femmes ! poursuivez de si sages projets. — Mais non : les graces ne peuvent se cacher.....

EDWIN.

Seigneur, le Roi approche ; vous êtes averti ; il compte que vous le recevrez avec le respect dû à son rang.

ATHELWOLD.

Allez, Edwin, allez le recevoir ; je n'ai pas la force de déguiser le trouble qui m'agite. Mon crime se peindra sur mon visage avec les traits du remords. — Jusqu'à présent j'ai toujours ignoré l'art de feindre avec un si bon Maître.

EDWIN.

Vous n'êtes pas le seul coupable : l'amour a fait commettre plus d'une faute....

ATHELWOLD.

Hélas ! Edwin, il m'a ravi l'innocence. Ah Ciel ! pourquoi as-tu formé mon épouse aussi belle ? — Regardez-la, Edwin : non, non, je ne puis vivre sans elle.....

ELFRIDA.

ELFRIDA.

Ne vous affligez pas : ah, mon ami ! rien au monde ne nous séparera.

ATHELWOLD.

Allons ; je me repose sur votre prudence : ce regard enchanteur ranime mon courage. (*Il sort*).

ELFRIDA.

Que le bonheur conduise vos pas.

ALBINA.

Ah, mes sœurs ! ce silence majestueux annonce le respect que tant de vertus vous inspirent.

ELFRIDA.

L'amour vertueux élève l'ame ; il est la source du vrai bonheur. — Mais nos instans sont précieux : je vais me rendre dans le boccage voisin ; il y croît une herbe, dont le suc noircit les doigts qui la pressent ; je vais m'en masquer les traits. Qu'on attende mon retour. (*Elle sort*).

CHŒUR.

ODE.

« D'où vient cette lumière éclatante ? Elle » éclaire tout le boccage ; elle ne ressemble pas » aux traits que Phébus lance au milieu de sa » course, sur les flots agités ; elle ne ressemble » point aux éclairs qui percent d'épais nuages ; » mais elle est douce comme les rayons de

» *Cinthia*, lorsqu'elle parcourt la voûte azurée,
» montée sur le char de la *Nuit*. La chaste Déesse,
» contente de sa course, semble s'arrêter, pour
» contempler le vaste Univers ; charmée de
» sa beauté, elle y jette des regards satisfaits.
» — Mais cependant, d'où vient l'éclat qui nous
» éblouit ? Ah, mes sœurs ! c'est la divine *Cons-*
» *tance ;* elle vient ici fixer son séjour. C'est elle
» qui, d'un seul regard, assigne aux étoiles leurs
» places éternelles ; c'est elle qui règle les heures
» & les saisons. La neige d'albâtre, la moisson
» dorée de l'Eté, les fruits vermeils de l'Au-
» tomne, les fleurs variées du Printems, tout
» obéit aux ordres de la Déesse : elle réveille
» l'Hiver engourdi, & lui commande de cou-
» vrir de son manteau d'argent, les ornemens
» de la nature. — Aussi-tôt les ruisseaux suspen-
» dent leur murmure, & coulent en silence sous
» leur voûte glacée. — L'ame qu'elle inspire,
» peut atteindre aux plus sublimes connoissances :
» nul obstacle ne la rebute : elle s'élève & plane
» sur la montagne qu'habite la Renommée. C'est
» là que des Génies bienfaisans lui prodiguent
» le nectar, breuvage céleste des Muses : mais
» Elfrida mérite ses soins particuliers ».

(*Elfrida revient tenant des fleurs à la main ; Orgar*
la suit).

ELFRIDA, ORGAR, CHŒUR.

ELFRIDA, *en regardant les fleurs.*

Croiroit-on, en voyant ces fleurs si fraîches
& si belles, sur lesquelles l'Aurore se plaît à
répandre ses bienfaits, qu'elles renferment un
pouvoir si dangereux ? — Hélas ! voilà l'image
de l'humanité.....

ORGAR.

Daignez m'écouter, noble Princesse.

ELFRIDA.

De grace, laissez-moi, vieillard ; retirez-vous.
(*Au Chœur*). — Connoissez-vous cet étranger ?
Il se reposoit sous ces arbres.

ALBINA.

Ah, Madame ! pardonnez. — Il nous a tantôt
instruit de ses malheurs ; la tendre pitié a partagé
ses peines. — Mais je commence à croire qu'il
nous a trompés. — Peut-être n'est-il qu'un espion ;
peut-être a-t-il entendu parler.....

ORGAR.

Tu me devines ; mais je ne te trahirai pas.
— Ah, belle Elfrida ! mon cœur sent pour vous
la tendresse d'un père.....

ELFRIDA.

D'un père ? Juste Ciel ! je connois cette voix.
— Ces traits......

ORGAR.

Ma chère Elfrida !......

ELFRIDA.

Oui, c'est lui; oui, c'est mon père. Ah, mes
amies ! soutenez-moi : je succombe.....

ORGAR *la prend dans ses bras.*

Ma fille !

ELFRIDA.

Ah, Seigneur ! pourquoi ce déguisement ?

ORGAR.

Pour mieux m'instruire de votre sort. — J'ai
tout appris......

ELFRIDA.

C'en est donc fait, nous sommes perdus.

ORGAR.

Après l'honneur de ma maison, vous fûtes
toujours ma plus douce espérance. — Une telle
insulte ! — Un artifice aussi méprisable ! — Non,
non; je ne sçaurois l'excuser : je jure, par la
gloire de mes ancêtres, que je serai vangé.

ELFRIDA.

Hélas ! je redoutois ce terrible moment ; je
connoissois l'orgueil de mon père. Ah, Seigneur !

ayez pitié de votre fille ! épargnez son malheureux époux !

ORGAR.

Osez-vous lui donner ce nom ? L'infâme !
Unissez-vous à moi pour punir le perfide.

ELFRIDA.

Il est votre fils ; il a reçu ma foi en face des
autels ; ils me défendent de punir mon époux.
Ah, mon père ! la vengeance a placé son trône
au plus haut des cieux ; elle y repose parmi la
foudre & les tempêtes : laissez au Tout-Puissant
le soin de la réveiller, & n'ayons pas l'audace
d'enfreindre sa puissance.

ORGAR.

Il faut m'obéir. Va te parer de tes plus beaux
atours ; relève tes charmes par tout l'éclat de
l'art ; prends un sourire enchanteur, plus sédui-
sant que les plus riches ornemens, & viens recevoir Edgar avec cette grace qui te distingue.....

ELFRIDA.

Non, jamais ; si ce cœur constant peut renoncer
à Athelwold, fasse le Ciel.....

ORGAR.

Point de sermens : sois soumise aux vœux
d'un père ; sinon craignez la force du pouvoir.
—Suivez-moi.

ELFRIDA.

Père barbare! j'obéis; mais rien ne m'arrachera d'auprès d'Athelwold. (*Elle sort avec Orgar*).

SEMI-CHŒUR.

« Quelle horreur! La plume fatale du destin,
» trempée des plus noires couleurs, écrit peut-
» être, sur ces murs malheureux, l'événement
» de ce grand jour. Ah! si nos foibles yeux
» pouvoient lire ces caractères mystiques, &
» pénétrer dans les ténèbres de l'avenir.

AUTRE SEMI-CHŒUR.

» Destin, tyran impitoyable! retire-toi de
» ces lieux: l'indigent, accablé de misères, est
» mille fois plus heureux que l'homme livré à
» ton incertitude: en vain il habite de superbes
» palais; tu lui arraches des soupirs, & tu fais
» couler ses larmes ».

ALBINA.

Ecoutons? Le moment décisif approche: j'ai entendu les sons perçans des cors; l'arrivée soudaine du Roi préviendra peut-être le dessein cruel d'Orgar. Elfrida n'a pas besoin d'ornemens précieux pour plaire; les graces naturelles surpassent tous les raffinemens de l'art. Répondez-moi, mes sœurs: célébrerons-nous la présence du Roi par des chants d'allégresse ? Nos cœurs, déchirés par les allarmes, exprimeront foiblement les accens du plaisir. — Mais voici ce Prince redoutable.

EDGAR, ATHELWOLD, *Suite du Roi,* CHŒUR.

EDGAR.

Non, non, mon cher Athelwold ; ce n'est point à l'indulgence de votre Maître, c'est à son cœur que vous devez cet éloge. Ce parc, ce château, ces forêts & ces plaines, ne doivent pas moins à la nature qu'au goût distingué de celui qui les a embellis. (*En regardant le Chœur, composé de femmes*). — Mais que vois-je ? Quels charmes animés ornent ce séjour enchanteur ! Les beautés de votre château ne doivent pas me distraire de ces objets charmans. — Pardon, ô filles célestes ! Vos graces méritoient mes premiers hommages.

ATHELWOLD, *à part.*

Ah, Dieux ! elles pleurent. Quelqu'accident imprévu vient traverser mes desseins.

EDGAR, *au Chœur.*

Vous gardez le silence, & vous baissez les yeux d'un air douloureux ! — D'où peut naître votre tristesse ? (*Au Comte*). Je vous connois ;

sans doute vous n'abusez pas de votre pouvoir, & vous respectez leur sexe : un autre que vous m'inspireroit des soupçons désavantageux.

A L B I N A.

Athelwold est le meilleur des Maîtres : puisse-t-il trouver dans son Roi le plus indulgent des Monarques !

Les précédens, O R G A R.

A T H E L W O L D, *en le voyant.*

ADIEU tout espoir......

O R G A R *se saisit de lui.*

Malheureux ! tu as raison de craindre : puisse ce bras, armé par la vengeance, arrêter de même les suites de ta noire trahison. Ah ! que ne puis-je arracher ton cœur, & l'exposer à la lumière....

E D G A R.

Qui êtes-vous ?

O R G A R.

Je suis le Comte de Devon...... Pardonnez, Sire, aux fureurs d'une ame grièvement offensée. Vous-même, Seigneur, êtes le jouet du perfide. —— J'atteste le Tout-Puissant que les crimes d'Athelwold exigent une prompte justice.

E D G A R.

Non, non, Seigneur ; Athelwold aime son Prince ; il lui fut toujours fidèle. Le poids des années égare votre raison......

O R G A R.

Ah, Seigneur ! le tems l'a respectée : puisse celle de ma fille être aussi pure que la mienne !

E D G A R.

Que veut-il dire ?

A T H E L W O L D.

Ne l'écoutez pas, Seigneur ; son esprit.....

O' R G A R.

Audacieux ! Je veux qu'il entende mes plaintes.

E D G A R.

Modérez-vous, Orgar.....

O R G A R.

Quand vous m'aurez entendu, Seigneur, vous prononcerez mon arrêt.

E D G A R.

Expliquez-vous promptement.

O R G A R.

J'avois une fille, Seigneur ; sa beauté méritoit vos hommages : Ardulph vous en avoit parlé ; vous la crûtes digne de partager votre couronne, & vous envoyâtes Athelwold pour la lui offrir.....

EDGAR.

Athelwold fut chargé de s'assurer de la vérité....

ORGAR.

Il ne s'en est que trop assuré. — Mais, Seigneur, pourquoi tardez-vous à vous en instruire vous-même ? Entrez dans le château ; vous lirez dans les charmes d'Elfrida toute l'horreur de son crime.

EDGAR, *bas à Athelwold.*

L'ambition l'aveugle ; mais la vieillesse mérite des égards. (*Haut à Orgar*). — Je vous suis ; conduisez-moi chez ce prodige de beauté.

(*Le Roi se retire avec Orgar & sa Suite*).

ALBINA.

Dans ce péril extrême, pourquoi vous arrêter, Seigneur ?

ATHELWOLD.

Sçais-je, hélas ! ce que je fais ou ce que je dis ? — Hâtez-vous ; instruisez-moi de mes malheurs. Qu'a-t-elle dit ? qu'a-t-elle fait ? Quel étoit son maintien quand elle m'a quittée ? Comment a-t-elle reçu son père ? A-t-elle consenti à voir le Roi, ou est-ce la force qui l'y oblige ? Lui a-t-elle inspiré ce projet de vengeance ?

ALBINA.

Elfrida est la victime de l'artifice. Son père, déguisé sous d'humbles vêtemens, s'est rendu ce matin au château ; nous l'avons rencontré dans le parc ; son âge, son maintien, son extérieur indigent ont attiré nos regards & notre pitié : nous lui avons permis de se reposer dans ce boccage ; il y a sans doute appris votre secret. — Seigneur, notre humanité.....

ATHELWOLD.

A fait mon malheur. — Le Ciel le veut ainsi ; je ne m'en plains pas. — Hélas ! vous m'avez enfoncé le poignard dans le cœur ! — Ah, Elfrida ! mon œil jaloux croit avoir apperçu quelques signes d'inconstance sur ton visage. Hélas ! cet affreux changement seroit le signal de ma mort ! Mais non ; tes vertus accroissent mon désespoir. — Affrontons le danger. Viens, Edgar, hâtes-toi de m'arracher à ma malheureuse existence. (*Il sort d'un air furieux*).

CHŒUR.

O D E.

« Accourez, enfans de la lumière ; venez pro-
» téger ces tristes demeures ; daignez les garantir
» des funestes effets de la haine : déployez-y vos
» aîles dorées. — Mais ce morne silence annonce
» le danger : en vain le coupable vous implore,
» vous êtes sourd à ses cris.

» Paix. — Du haut de son trône éclatant, l'au-
» guste *Vérité* vient frapper mes sens étonnés ; elle

» prononce d'une voix lente les immuables arrêts
» du destin : mortels aveuglés, nous dit-elle, mes
» rayons percent la nuit des tems : cessez d'im-
» plorer d'autres secours ; votre raison que j'é-
» claire, suffit pour vous conduire dans le laby-
» rinthe de la vie. — Filles de la terre, osez-vous
» m'oublier pour une mortelle ? L'éclat de ses
» yeux, de son teint, sa grace, sa fraîcheur,
» le doux son de sa voix, cette forme si sédui-
» sante périront, & seront réduits en poussière ;
» à peine en conservera-t-on un foible souvenir.
» — L'instant où elle a vécu s'évanouira, tandis
» que moi, jouissant d'une éternelle jeunesse, je
» compterai des jours immortels ».

ATHELWOLD, EDWIN, CHŒUR.

ATHELWOLD, *d'un air désespéré.*

ON me bannit ! — Fuyons ; mais non : mourrons plutôt. — Je ne puis vivre dans la honte :
l'honneur a déserté mon foible cœur ; rien n'y
peut remplir le vuide affreux qu'il y laisse : ce
fer....

ALBINA.

Où est votre courage, Seigneur ? Quoi ! l'ad-
versité l'épouvante ?

A T H E L W O L D.

Puis-je souffrir mon crime sans remords? Ce
fer va me soustraire au plus cruel supplice.....

A L B I N A.

Arrêtez : songez aux peines d'un éternel avenir :
la race humaine, pareille à une armée bien disci-
plinée, doit se soumettre au chef suprême qui
assigne à chacun son poste : on ne peut le quitter
sans se rendre criminel.

A T H E L W O L D.

Hélas! j'étois vertueux : chéri de mon Maître,
lui-même se plaisoit à m'accabler de ses éloges.
— Quel changement, grand Dieu! Maintenant
en butte à ses reproches, je suis l'opprobre de
mon nom. — Ma femme! la vertueuse Elfrida!
— ô désespoir! — volons pour la sauver....

E D W I N *l'arrête.*

Ah, Seigneur! que faites-vous? La mort suivra
cette audace......

A T H E L W O L D.

J'affronte le danger, & tu veux m'en empêcher?...

E D W I N.

Oui, Seigneur : la fidélité que je dois au Roi,
mon amour pour vous, tout veut que je m'oppose à ce dessein.

ATHELWOLD.

Traître !.... Pardon, mon ami : — j'oubliois
que je suis banni : — j'oubliois que ces portes
sont fermées désormais pour leur Maître : — ah,
Ciel ! voici cependant la route qui me conduit
auprès d'Elfrida : quoi ! peut-on m'opposer ici
des barrières ? (*Il se jette à terre*). O terre ! froide
& insensible mère, reçois-moi dans ton sein.
— Et vous, chênes âgés, respectables pères de
ces forêts, dont les branches généreuses ont servi
d'asyle à mes nobles Ancêtres ! ah, prêtez, prêtez
au dernier rejetton de leur race une ombre bien-
faisante ; je ne vous importunerai pas long-
tems : c'est ici, c'est sous vos ombrages frais
que je veux offrir à mes aïeux le sacrifice de
leur indigne fils.

EDWIN, *au Chœur.*

Le désespoir le prive de ses sens ; ses yeux,
fixés vers le Ciel, semblent lui reprocher son
malheur.

ALBINA.

Quand l'homme vertueux oublie ses devoirs,
il n'en est que plus sensible à sa faute.

ATHELWOLD. *Il se lève.*

C'en est fait : je veux entrer. Je lui deman-
derai une autre audience...... Vain espoir ! ma

disgrace est connue; le courtisan flatteur m'empêchera de lui parler....; le mépris accompagnera le refus..... Mais j'entends la voix d'Elfrida.... Ah, Dieux! c'est elle....

Les précédens, EDGAR, ELFRIDA, ORGAR.

ELFRIDA.

RIEN ne peut m'arrêter; je veux le voir; je veux encore une fois le serrer dans mes bras; je le suivrai dans l'exil. — Ah, mon cher époux! on veut m'arracher d'auprès de toi; — rien ne peut m'en séparer.

EDGAR.

Prenez garde, Madame : ces transports indiscrets peuvent rallumer ma colère; séparez-vous du traître, si vous voulez le sauver.

ATHELWOLD.

(*Il présente sa poitrine à Edgar*). — Frappez, Seigneur : j'ai mérité la mort.

ELFRIDA, *à Athelwold.*

Malheureux! tu veux m'ôter la vie. — (*A Edgar*). Si vous l'immolez, je ne le survivrai pas.

EDGAR.

Juste Ciel! elle l'aime!

Elfrida, *à Athelwold.*

Ah, mon ami ! — Non , nous ne mourrons pas: Edgar s'attendrit ! je lis votre pardon dans ses yeux. — Jettons-nous à ses pieds ! implorons sa clémence ! Dites-lui : mais non ; votre voix timide n'osera lui peindre que bien foiblement le bonheur dont nous jouissons. — Qu'Edgar le lise dans nos regards. — Qu'il pèse vos vertus ; qu'il les compare avec votre faute ; hélas ! elle est bien légère.....

E D G A R.

Ah ! que dites-vous ? J'aurois pardonné plus aisément la perte de ma couronne......

A T H E L W O L D.

Mon arrêt est juste.... Adieu, Elfrida : je vais traîner mes jours dans un long & pénible exil : chaque minute rappellera à mon ame désolée que je fus autrefois vertueux.

Elfrida, *à Edgar.*

Cruel ! quoi ! vous êtes inexorable. L'Eternel se laisse fléchir par le repentir....

E D G A R.

Ah! cessez de m'implorer ! Ces graces , ces charmes, cette divine beauté aggravent son offense : perfide ! c'étoit donc là cet objet indigne de ma tendresse ? — Traître ! elle mérite

l'hommage

l'hommage de l'univers. — Sors à l'instant de ces lieux; vas errer loin de mes Etats....

ELFRIDA *se jette aux pieds du Roi.*

Ah, Seigneur! j'embrasse vos genoux; épargnez-vous les regrets; épargnez votre ami, votre soutien, le défenseur de la Patrie : faut-il, hélas! qu'une seule faute efface toutes ses vertus? — La douleur me suffoque! — elle ne me laisse que des larmes....

EDGAR *la relève.*

Consolez-vous, Madame.

ELFRIDA.

Vivra-t-il, Seigneur?

EDGAR.

Oui ; mais loin de la Cour....

ELFRIDA.

Cet arrêt est celui de sa mort. — Il ne supportera point la honte d'un exil.

EDGAR, *à Athelwold.*

Rappellez-vous ma faveur passée : songez à l'amitié que j'avois pour vous, & vous avez pu....

ATHELWOLD.

Epargnez mes regrets ; enfoncez-moi plutôt le poignard dans le cœur; ce souvenir me perce l'ame : jettez-moi seulement un regard de bonté, & ma main.... (*Il tire son épée pour s'en percer le sein*).

D

E L F R I D A *l'arrête.*

Souffrirez-vous, Edgar.....

E D G A R.

Tu me fus cher ! — Perfide ! tu l'es encore !
— Tu fus mon ami & non pas mon sujet. — Ma
colère a passé de justes bornes. — Je sens : oui,
cruel ! je sens qu'il ne falloit pas te bannir....

E L F R I D A, *en s'adressant au Chœur.*

Chantez les louanges d'Edgar ; il pardonne
mon époux. — Ah, mon Prince ! mon généreux
Maître !....

E D G A R.

Retenez vos transports, Madame ; un cœur,
attendri par vos charmes, peut oublier la clémence : vous ignorez l'effort que me coûte cette
générosité. Adieu, la plus belle des femmes. (*Il
lui baise la main*). — Mon ame se colle avec mes
lèvres sur cette main charmante. — Je vais par-
courir ces forêts avant de me rendre à Mercia,
pour rendre la chasse plus agréable ; Athelwold
vous m'accompagnerez.

(*Le Roi sort avec sa Suite*).

A T H E L W O L D.

Adieu, ma chère Elfrida : j'ai mille affaires à
vous communiquer....

ELFRIDA.

Allez : le moindre retard peut l'offenser. — Gardez-vous de prononcer mon nom ; étouffez jusqu'aux soupirs de l'absence. — Si vous m'aimez, ne vous arrêtez pas dans ces lieux. N'oubliez point votre fidèle épouse.....

(*Athelwold sort*).

ELFRIDA, ORGAR, CHŒUR.

ORGAR.

VOTRE fidèle épouse ! Opprobre de ta race ! ne rougis-tu pas de prononcer ce nom ? — Je ne puis retenir mon juste courroux. — Non, tu n'es pas ma fille : quelque Fée malfaisante m'a dérobée la mienne, pour me donner ce prodige de beauté & de bassesse. (*Elfrida se jette au col de son père*). Laisse-moi ;... sèche tes larmes ; elles ont produit leur effet.... — Le Roi a pardonné à ton époux.... — Il lui a pardonné ! Non, cela ne se peut pas. Non, non : il soutiendra mieux la dignité royale. — Mais si Edgar peut avoir cette foiblesse, doit-elle arrêter mon bras ? Cette épée....

ELFRIDA.

Ah, Seigneur ! j'espérois....

ORGAR.

N'espère pas que j'oublie jamais ni sa lâche perfidie, ni ta méprisable tendresse.

ELFRIDA.

Ah, mon père ! jettez sur moi des regards moins sévères ; mon père ! laissez-vous attendrir : rappellez-vous ces jours heureux où votre fille avoit l'art de vous persuader ; mais, hélas ! je crains d'avoir perdu cette douce éloquence qui pénétroit dans votre ame : mes tristes pensées sont toutes à Athelwold. —— Ah, Seigneur ! le courroux se peint dans vos yeux ; je n'en parlerai plus ; je n'implorerai que votre indulgence, pour cette tendre sympathie que vous nommez foiblesse. —— Hélas ! peut-elle l'être dans mon sèxe ! La nature m'a formée timide & sensible..... Tout me fait ombrage : un mot, un regard, peut rallumer la colère du Monarque. ——Juste ciel ! Je m'égare. —— Hélas, Seigneur ! (*Au Chœur*). —— Ah ! mes amies, plaidez en ma faveur. —— Une horreur secrette me saisit...... Dieu ! je succombe à la crainte......

ALBINA.

Que pouvons-nous espérer, si la vertu de sa fille ne le désarme pas ?

ORGAR.

Songez aux torts qu'Athelwold nous a fait ?

Songez aux suites de sa perfidie. Votre hymen avec Edgard nous eût remis sur le Trône ; ma postérité eût gouverné cette même contrée, dont elle ne sera que citoyenne. — Perfide Saxon ! Ta vie ne suffit pas pour expier cette horrible trahison. — Oui, je t'attendrai en ce lieu même : dans ton parc, sur tes domaines, je te combattrai : la vengeance suppléera à la force ; elle fera renaître dans l'hyver de mes années encore quelques beaux jours de mon printems. — Ma lance n'aura pas oublié qu'elle a puni autrefois *Oswald* ; le traître avoit osé me noircir auprès du Roi *Athelstan.* (*Il sort*).

E L F R I D A.

Ah, Seigneur ! Athelwold se refusera à un combat où le vainqueur deviendroit parricide. — Mais, hélas ! il ne m'écoute pas. — Père dénaturé ! ma douleur augmente ta férocité : non, je ne veux pas te suivre : je resterai seule en proie à l'infortune ; je déplorerai en silence mon triste sort.

A L B I N A.

Consolez-vous, Madame : peut-être.....

E L F R I D A.

Ne me flattez pas d'un vain espoir.

A L B I N A.

Je n'en ai pas le dessein. Quoique l'*espoir* soit un baume salutaire qui guérit les blessures de la

D 3

douleur, il lui reste néanmoins une qualité malfaisante ; elle affoiblit l'ame de celui qu'elle caresse : la vôtre a besoin de fermeté : je crains......

ELFRIDA.

Ah Dieux ! que craignez-vous ? Je me flattois, hélas ! que mon cœur s'allarmeroit sans raison. L'amour rend timide. — Je ne le vois que trop, j'aurois dû suivre le Roi : mes transports m'ont trompé ; ce pardon n'étoit qu'à moitié prononcé ; je devois l'arrêter ; je devois l'engager du moins à sceller leur réconciliation par des signes plus sensibles.

ALBINA.

Le désespoir d'Athelwold est plus à craindre que la colère du Roi : avez-vous remarqué, Madame, avec quelle indifférence il a reçu son pardon ? — Sa main peut achever ce qu'Edgar n'a osé commencer.

ELFRIDA.

O mon cœur ! je croyois que votre tendresse avoit prévu tous les dangers ; mais le plus grand vous est échappé. — Non, non ; il ne veut pas la mort d'Elfrida.

ALBINA.

Fasse le ciel que ces bois paisibles soient bientôt les témoins de son repos. — Allez, Madame, adoucir la rigueur de votre père : ne lui laissez pas le tems de s'occuper de sa vengeance. — La solitude, propice au bonheur, est dangereuse aux ames en proie aux passions : la tranquillité fait le charme des cœurs contens ; mais elle attise le flambeau de la haine : craignez les desseins d'un père ambitieux.

ELFRIDA.

Je hais l'artifice ; mais pour sauver l'objet de ma tendresse, il faut que les traits de mon visage déguisent les secrets de mon cœur. — Ecoutez ; quelqu'un accourt dans ces lieux.

ALBINA.

Ah Dieux ! j'apperçois Edwin.

Les précédentes, EDWIN.

ELFRIDA, *à Edwin.*

C'EN est fait : ces regards annoncent mon malheur.....

EDWIN.

Hélas ! . . . .

ELFRIDA.

Ne me cachez rien ; racontez-moi jusqu'à la moindre circonstance. . . . . Je me sens assez de force pour vous entendre . . . . & même pour supporter le comble de l'infortune.

EDWIN.

Vous allez être instruite, Madame : à peine le cerf a-t-il été lancé, que le Roi a ordonné à sa suite de le poursuivre ; aussi-tôt, chacun a pris une route différente ; votre époux, le Lord Ardulph & moi, sommes restés seuls avec lui. Edgard s'enfonce dans le plus épais de la forêt, pénétre, au travers des broussailles, dans une plaine environnée de tilleuls ; tout-à-coup il s'arrête, tourne la bride de son cheval, & s'écrie : « cet endroit favorise nos desseins.... ».

ELFRIDA.

Quels desseins ? Perfide ! tu m'as caché tes projets ; tu m'as trompée par une vaine espérance. —— Mais poursuivez.

EDWIN.

Le Roi jette un regard tranquille sur Athelwold : je t'ai pardonné ta trahison, lui dit-il, j'ai oublié l'offense d'un Sujet envers son Prince ; mais cette grace ne suffit pas : tu as blessé l'honneur ; les droits communs de la nature, ceux de l'amitié exigent que tu répares ta faute. Défends-toi ; le sang doit laver cette injure : si je succombe, ma mort sera l'arrêt de ta grace ; si je triomphe, tu me céderas Elfrida & tes droits sur son cœur. Athelwold cherche en vain à fléchir son Maître ; rien ne peut l'attendrir. Le Roi tire l'épée ; il ordonne au Comte de tirer la sienne ; il obéit en hésitant : ils se battent ; Athelwold, voulant épargner son auguste adversaire, lève le bras, & laisse sa poitrine sans défense ; Edgar y porte un coup vigoureux. — Le dirai-je, Madame ? Ce coup lui perce le cœur. Il tombe, & s'écrie : « vous voilà vengé, Edgar ; respectez ma mé- » moire ; qu'Elfrida répande une larme sur la fin » de son époux ». Il expire, & tous ses traits avoient encore l'empreinte de la tranquillité.

E L F R I D A, *au Chœur, qui l'environne.*

Laissez-moi ;... je n'ai pas besoin de secours :... je ne pleure pas ;.... mon ame est ferme ;.... je n'invoque pas le Ciel ;..... je sçaurai soutenir mon infortune ;.... je ne fais point de vœux contre le tyran qui m'accable ;.... je ne desire pas que sa main, qui m'a privée de tout mon bonheur,..... soit séchée par la foudre ;..... j'attends avec patience que le tems soit arrivé.... où ses crimes exciteront la vengeance céleste ;... c'est alors,..... oui, c'est alors que le barbare sentira tout le poids de son crime. — Paix, élémens destructeurs ; & toi, terre, mère com- mune de tous les mortels, n'ouvre point tes gouffres profonds ; n'engloutis point ce monstre abominable, mais laisse-lui traîner sur ta surface des jours marqués par les remords : oui, permets qu'il vive ; qu'il soit le fléau de l'humanité ; qu'il arrache aux veuves, victimes de ses infâmes desirs, autant de larmes qu'il m'en fait répandre aujourd'hui. —— Pleurs insensés ! pourquoi inondez-vous mon visage ? Hélas ! vous peignez bien foiblement les maux qui déchirent mon cœur !

A L B I N A.

Au secours ! au secours, mes sœurs ! Elle succombe à sa douleur : rentrons, Edwin.....

(Elfrida tombe dans les bras des femmes du Chœur).

Les précédens, O R G A R. *Il entre du côté opposé par où l'on s'efforce d'emmener Elfrida.*

O R G A R.

Je crois avoir entendu des plaintes lamentables. —— Que vois-je ? . . . . .

E L F R I D A, *au Chœur.*

Arrêtez : j'entends la voix de mon père ;... oui, c'est lui. (*Elle se jette aux pieds d'Orgar*). —— Ah, Seigneur ! ayez pitié de votre malheureuse fille ! vengez-la, vengez l'infortunée Elfrida, la triste veuve d'Athelwold......

O R G A R.

La veuve d'Athelwold ? Quoi ! le traître est donc puni ? . . . . .

ELFRIDA.

La main du plus farouche des tyrans a tranché les jours du plus tendre des époux. Edgard a violé les droits sacrés de l'hospitalité : punissez cette offense. — Mais vous gardez le silence ! vous restez immobile ! Qu'est devenue cette ardeur guerrière ? Cessez-vous d'être Breton ? Où est ce courage qui animoit la postérité du grand *Belin?* — Pardon, Seigneur ; l'excès de la douleur m'égare : j'oublie, hélas ! que ce bras dont j'attends ma vengeance m'eût privé d'un époux, si l'infortuné eût échappé au féroce Edgar. — Ah, Seigneur ! n'ai-je donc plus d'amis pour défendre mes droits ?

ORGAR.

Calmez-vous ; je suis votre père, votre appui ; reposez-vous sur ma tendresse. — Ecoute, Edwin. (*Au Chœur*). — Veillez sur elle. Rentrez, ma fille......

ELFRIDA, *au Chœur, qui s'approche d'elle.*

Non, non ; rien ne peut m'arrêter : je veux, je dois aller dans ce funeste bocage, où repose le corps sanglant de mon époux. — Je veux le serrer dans mes bras.... (*Orgar l'arrête*). — Pourquoi vous opposer à mon dessein ? — Hélas ! ces yeux, noyés dans les larmes, ne lanceront point.

des regards animés ; leurs feux ne réchaufferont point son sein glacé : ne craignez rien ; ils ne sçauroient rallumer en lui le flambeau de la vie.

ORGAR.

Rentrez, ma fille ; avant peu la raison vous rendra le repos.

ELFRIDA.

Le repos ! hélas ! la pâle & froide Déesse habite là - bas dans ce bocage ; elle ferme dans cet instant les yeux de mon époux. — Ah, mon père ! elle le conduira bientôt dans le séjour de l'éternelle paix. Elle m'ordonne de l'y suivre ; oui, il faut vous obéir…. Athelwold ne peut être heureux sans moi. (*Elle veut sortir, mais chacun s'y oppose*).

ALBINA.

Renoncez à cet affreux dessein….

ELFRIDA.

Retirez-vous : rien ne peut changer mon projet. (*Au Coriphée*). — Viens, ma chère Albina ! toi seule seras la compagne de mon infortune. Viens ; sois la dépositaire d'un secret important…. Que ton bras soutienne mon corps tremblant ; que ta voix pénètre mon ame ! tu soulageras les peines qui déchirent mon cœur. (*Elle sort, appuyée sur le bras d'Albina*).

ORGAR, EDWIN, SEMI-CHŒUR.

ORGAR, *au Semi-Chœur.*

Que personne ne m'approche, sous peine de la vie. (*A Edwin*). C'est vous sans doute qui l'avez instruite de ce grand évènement.

EDWIN.

Oui, Seigneur.

ORGAR.

Où avez-vous laissé le Roi?

EDWIN.

Auprès du corps d'Athelwold, déplorant son infortune.

ORGAR.

Ne reviendra-t-il pas en ces lieux?

SEMI-CHŒUR.

Puisse le ciel l'en éloigner! Sa présence acheveroit le malheur de votre fille.

ORGAR.

Loin de desirer son retour, je vais lui faire, s'il se peut, abandonner ces forêts. (*A Edwin*). Conduisez-moi auprès de lui; engageons-le à séjourner au Château du vieux Egbert; l'amitié qu'a pour moi ce Vieillard respectable, secondera mes desseins. (*Au Chœur*). Veillez sur les jours de la Comtesse; profitez des intervalles favorables, pour chanter les louanges d'Edgar ; l'amour de ce Prince pour ma fille doit faire la gloire de ma postérité. Que la vérité préside à vos discours. (*Il sort avec Edwin*).

SEMI-CHŒUR.

« Si la vérité a droit à nos hommages, l'exem-
» ple de ce jour nous prouve qu'il est fatal de
» l'oublier. La route qui conduit à son Temple
» est sûre & facile : le mensonge au contraire
» nous présente vainement des sentiers couverts
» de fleurs ; des précipices affreux environnent
» son Palais ».

ALBINA *revient.*

Orgar est-il parti ?

SEMI-CHŒUR.

Oui : il est sorti accompagné d'Edwin.

ALBINA.

Ecoutez-moi : Elfrida vous invite à seconder ses vœux ; elle embrasse le seul parti que lui permet encore la rigueur de son sort. — Elle veut rester fidèle à son premier hymen....

SEMI-CHŒUR.

Ah ciel ! nous devinons ce funeste projet.

ALBINA.

Cessez de vous alarmer. — Malgré l'excès de son malheur, sa piété sait réprimer les égaremens d'un criminel désespoir. La religion lui inspire la plus grande soumission envers son Créateur. Son ame, aussi pure que constante, préfère une sainte retraite à l'éclat brillant du trône : hâtons-nous ; prévenons le courroux de son père & l'autorité de son Roi ; accompagnons, avant leur retour, la pieuse Comtesse dans l'asyle qu'elle s'est choisi ; ce sera celui de l'innocence & du repos. — Mais la voici ; jettons-nous à ses pieds ; implorons humblement en sa faveur la protection du ciel.

(*Elfrida se jette aussi à genoux , & lève les mains au ciel, tandis que le Chœur, rangé autour d'elle, chante, un genou à terre, l'Ode suivante*).

C H Œ U R.

O D E.

« Esprits célestes ! daignez quitter vos trônes
» éclatans ; soyez témoins de nos plaintifs accens :
» — recevez nos vœux & nos sermens ; portez-
» les au plus haut des cieux ; qu'ils y soient tra-
» cés en caractères ineffaçables ; qu'ils y servent
» de garant de notre foi ».

E L F R I D A.

Ecoutez, enfans de la lumière, les sermens de l'infortunée veuve d'Athelwold. Je jure d'ériger, sur la plaine funeste qui a été rougie du sang de mon époux, un asyle consacré aux larmes

& à la piété ; j'y passerai mes jours dans les regrets & les prières ; je parcourerai, en gémissant,
les sombres voûtes de ce lugubre séjour : l'heure
solemnelle où tout annonce le repos de la nuit,
sera témoin de mes veilles. J'irai avec mes chastes
compagnes, une torche à la main, presser de
mes foibles genoux le marbre glacé des autels ;
mes lèvres tremblantes couvriront de leurs bai-
sers, le tombeau qui renferme mon seul trésor ;
je lui offrirai un cœur pur & fidèle, où son image
ne s'effacera jamais.

Le Chœur.

« Esprits célestes ! daignez quitter, &c. &c. ».

Elfrida.

O vous, dont un seul regard pénètre tous les
cœurs ! si jamais le desir des vaines grandeurs
pouvoit se glisser dans le mien, punissez-moi ;
que votre courroux me poursuive au-delà du
terme prescrit à mes jours : Elfrida les consacre
désormais à votre culte & à la mémoire de son
cher Athelwold.

Chœur.

« Esprits célestes ! daignez quitter, &c. &c. ».

FIN.

www.ingramcontent.com/pod-product-compliance
Lightning Source LLC
LaVergne TN
LVHW010945210726
843510LV00013B/139